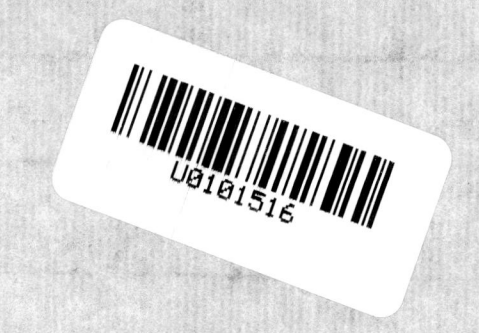

紅樓夢第一百七回

散餘資賈母明大義　復世職政老沐天恩

話說賈政進內見了樞密院各位大人又見了各位王爺北靜
王道今日我們傳你來有遵旨問你的事賈政即忙跪下眾大
人便問道你哥哥交通外官恃強凌弱縱兒聚賭強占良民妻
女不遂逼死的事你都知道麼賈政回道犯官自從主恩欽點
學政任滿後查看賑恤于上年冬底回家又蒙堂派工程後又
往江西監道題參回都仍在工部行走日夜不敢怠惰一應家
務並未留心伺察寔在糊塗不能管理子侄這就是辜負聖恩
亦求主上重重治罪北靜王據說轉奏不多時傳出旨來北靜

王便述道主上因御史參奏賈赦交通外官恃強凌弱據該御
史指出平安州互相往來賈赦包攬詞訟嚴鞫賈赦據供平安
州原係姻親來往並未干涉官事該御史亦不能指寔惟有倚
勢強索石獃子古扇一款是寔的然係玩物究非強索良民之
物可比雖石獃子自盡亦係瘋傻所致與逼勒致死者有間今
從寬將賈赦發往臺站効力贖罪所參賈珍強占良民妻女為
妾不從逼死一款提取都察院原案看得九二姐寔係張華指
腹為婚未娶之妻因伊貧苦自願退婚九二姐之母願給賈珍
之弟為妾並非強占再九三姐自刎掩埋並未報官一款查九
三姐原係賈珍妻妹本意為伊擇配因被逼索定禮眾人揚言

紅樓夢第一百七回

散餘資賈母明大義　復世職政老沐天恩

話說賈政進內見了樞密院各位大人又見了各位王爺北靜
王道今日我們傳你來有遵旨問你的事賈政即忙跪下眾大
人便問道你哥哥交通外官恃強凌弱縱兒聚賭強占良民妻
女不遂逼死的事你都知道麼賈政回道犯官自從主恩欽點
學政任滿後查看賑恤於上年冬底回家又蒙堂派工程後又
往江西監道題參回都仍在工部行走日夜不敢怠惰一應家
務並未留心伺察實在糊塗不能管教子侄這就是辜負聖恩
亦求主上重重治罪北靜王據說轉奏不多時傳出旨來北靜

王便述道主上因御史參奏賈赦交通外官恃強凌弱據該御
史指出平安州互相往來賈赦包攬詞訟嚴鞫賈赦據供平安
州原係姻親來往並未干涉官事該御史亦不能指實惟有倚
勢強索石呆子古扇一款是實的然係玩物究非強索良民之
物可比雖石呆子自盡亦係瘋傻所致與逼勒致死者有間今
從寬將賈赦發往台站效力贖罪所參賈珍強占良民妻女為
妾不從逼死一款提取都察院原案看得尤二姐實係張華指
腹為婚未娶之妻因伊貧苦自願退婚尤二姐之母願給賈珍
之弟為妾並非強占再尤三姐自刎掩埋並未報官一款查尤
三姐原係賈珍妻妹本意為伊擇配因被逼索定禮眾人揚言

獗亂以致羞忿自盡並非賈珍逼勒致死但身係世襲職員罔知法紀私埋人命本應重治念伊究屬功臣後裔不忍加罪亦從寬革去世職派往海疆効力贖罪賈蓉年幼無干省釋賈政寔係在外任多年居官尚屬勤愼免治伊治家不正之罪賈政聽了感激涕零叩首不及又叩求王爺代奏下忱北靜王道你該叩謝天恩更有何奏賈政道犯官仰蒙聖恩不加大罪又蒙將家產給還寔在捫心惶愧願將祖宗遺受重祿積餘置產一并交官北靜王道主上仁慈待下明愼用刑賞罰無差如今既蒙莫大深恩給還財產你又何必多此一奏衆官也說不必賈政便謝了恩叩謝了王爺出來恐賈母不放心急忙赶回上下

男女人等不知傳進賈政是何吉凶都在外頭打聽一見賈政回家都略略的放心也不敢問只見賈政忙忙的走到賈母跟前將蒙聖恩寬免的事細細告訴了一遍賈母雖則放心只是兩個世職革去賈赦又往台站効力賈珍又往海疆不免又悲傷起來邢夫人尤氏聽見那話更哭起來賈政便道老太太放心大哥雖則台站効力也是為國家辦事不致受苦只要辦得妥當就可復職珍兒正是年輕很該出力若不是這樣便是祖父的餘德亦不能久享說了些寬慰的話賈母素來本不大喜歡賈赦那邊東府賈珍究竟隔了一層只有邢夫人尤氏痛哭不已邢夫人想着家產一空丈夫年老遠出膝下雖有璉兒又

是素來順他二叔的如今是都靠着二叔他兩口子更是順着那邊去了獨我一人孤苦伶仃怎麽好那尤氏本來獨掌寧府的家計除了賈珍也筭是惟他爲尊又與賈珍夫婦相和如今犯事遠出家財抄盡依住榮府雖則老太太疼愛終是依人門下又帶了偕鸞佩鳳蓉兒夫婦又是不能興家立業的人又想着二妹妹三妹妹俱是璉二叔鬧的如今他們倒安然無事依舊夫婦完聚只留我們幾人怎生度日想到這裡痛哭起來賈母不忍便問賈政道你大哥和珍兒現已定案可能回家蓉兒既沒他的事也該放出来了賈政道若在定例大哥是不能回家的我已托人狥個私情叫我們大老爺同侄兒回家好置辦

行裝衙門內業已應了想来蓉兒同着他爺爺父親一起出来只請老太太放心兒子辦去賈母又道我這几年老的不成人了總沒有問過家事如今東府是全抄去了房屋入官不消說的你大哥那邊璉兒那裡也都抄去了咱們西府銀庫東省地土你知道到底還剩了多少他兩個起身也得給他們几千銀子纔好賈政正是沒法聽見賈母一問心想着若是說明又恐老太太着急若不說明不用說將來現在怎樣辦法定了主意便回道若老太太不問兒子也不敢說如今老太太旣問到這裡現在璉兒也在這裡昨日兒子已查了舊庫的銀子早已虛空不但用盡外頭還有虧空現今大哥這件事若不花銀托人

雖說主上寬恩只怕他們爺兒兩個也不大好就是這項銀子尚無打算東省的地畝早已寅年吃了卯年的租兒了一時也算不轉來只好儘所有的蒙聖恩沒有動的衣服首飾折變了給大哥珍兒作盤費罷了過日的事只可再打筭賈母聽了又急得眼淚直淌說道怎麽着咱們家到了這樣田地了麼我雖沒有經過我想起我家向日比這裡還强十倍也是擺了几年虛架子沒有出這樣事已經塌下来了不消一二年就完了據你說起來咱們竟一兩年就不能支了賈政道若是這兩個世俸不動外頭還有些挪移如今無可指稱誰肯接濟說着也淚流滿面想起親戚來用過我們的如今都窮了沒有用過我們的又不肯照應了昨日兒子也沒有細查只看家下的人丁冊子別說上頭的錢一無所出那底下的人也養不起許多賈母正在憂慮只見賈赦賈珍賈蓉一齊進來給賈母請安賈母看這般光景一隻手拉着賈赦一隻手拉着賈珍便大哭起来他兩人臉上羞慚又見賈母哭泣都跪在地下哭着說道兒孫們不長進將祖上功勳丟了又累老太太傷心兒孫們是死無葬身之地的了滿屋中人看這光景又一齊大哭起来賈政只得勸解倒先要打算他兩個的使用大約在家只可住得一兩日遲則人家就不依了老太太含悲忍淚的說道你兩個且各自同你們媳婦們說說話兒去罷又吩咐賈政道這件事是不能

久待的想来外面挪移恐不中用那時悞了欽限怎麽好只好我替你們打筭罷了就是家中如此亂糟糟的也不是常法兒一面說着便叫鴛鴦吩咐去了這裡賈赦等出来又與賈政哭泣了一會都不免將從前任性過後懊悔如今分離的話說了一會各自同媳婦那邊悲傷去了賈赦年老倒也抛的下獨有賈珍與尤氏怎忍分離賈璉賈蓉兩個也只有拉着父親啼哭雖說是比軍流减等究竟生離死别這也是事到如此只得大家硬着心腸過去却說賈母叫邢王二夫人同了鴛鴦等開箱倒籠將做媳婦到如今積攢的東西都拿出来又叫賈赦賈政賈珍等一一的分派說這裡現有的銀子交賈赦三千兩你拿

二千兩去做你的盤費使用留一千給大太太另用這三千給珍兒你只許拿一千去留下二千交你媳婦過日子仍舊各自度日房子是在一處飯食各自吃罷四丫頭將來的親事還是我的事只可憐鳳丫頭操心了一輩子如今弄得精光也給他三千兩叫他自己收着不許叫璉兒用如今他還病得神昏氣喪叫平兒來拿去這是你祖父留下來的衣服還有我少年穿的衣服首飾如今我用不着男的呢叫大老爺珍兒璉兒蓉兒拿去分了女的呢叫大太太珍兒媳婦鳳丫頭拿了分去這五百兩銀子交給璉兒明年將林丫頭的棺材送回南去分派定了又叫賈政道你說現在還該着人的使用這是少不得的你

叫拿這金子變賣償還這是他們鬧掉了我的你也是我的兒子我並不偏向寶玉已經成了家我剩下這些金銀等物大約還值幾千兩銀子這是都給寶玉的了珠兒媳婦向來孝順我蘭兒也好我也分給他們些這便是我的事情完了賈政見母親如此明斷分晰俱跪下哭着說老太太這麽大年紀兒孫們沒點孝順承受老祖宗這樣恩典叫兒孫們更無地自容了賈母道別瞎說若不鬧出這個亂兒我還收着呢只是現在家人過多只有二老爺是當差的留幾個人就彀了你就吩咐管事的將人叫齊了他分派妥當各家有人便就罷了譬如一抄盡了怎麽樣呢我們裡頭的也要叫人分派該配人的配人賞去

的賞去如今雖說偺們這房子不入官你到底把這園子交了纔好那些田地原交璉兒清理該賣的賣該留的留斷不要支架子做空頭我索性說了罷江南甄家還有幾兩銀子大太太那裡收着該叫人就送去罷倘或再有點事出來可不是他們躲過了風暴又遇了雨了麽賈政本是不知當家立計的人一聽賈母的話一一領命心想老太太實在真真是理家的人都是我們這些不長進的鬧壞了賈政見賈母勞乏求着老太太歇歇養神賈母又道我所剩的東西也有限等我死了做結果我的使用餘的都給我伏侍的丫頭賈政等聽到那裡更加傷感大家跪下請老太太寬懷只願兒子們托老太太的福過了

些時都邀了恩眷那時兢兢業業的治起家來以贖前愆奉養老太太到一百歲的時候賈母道但願這樣纔好我死了也好見祖宗你們別打諒我是享得富貴受不得貧窮的人哪不過這幾年看看你們轟轟烈烈我落得都不管說說笑笑養身子罷了那知道家運一敗直到這樣若說外頭好看裡頭空虛是我早知道的了只是居移氣養移體一時下不得臺來如今借此正好收斂守住這個門頭不然叫人笑話你你還不知只打諒我知道窮了便着急的要死我心裡是想着祖宗莫大的功勳無一日不指望你們比祖宗還强能彀守住也就罷了誰知他們爺兒兩個做些什麼勾當賈母正自長篇大論的說只見豐兒慌慌張張的跑來回王夫人道今早我們奶奶聽見外頭的事哭了一場如今氣都接不上來平兒叫我來回太太豐兒沒有說完賈母聽見便問到底怎麼樣王夫人便代回道如今說是不大好賈母起身道噯這些兇家竟要磨死我了說着叫人扶着要親自看去賈政卽忙攔住勸道老太太傷了好一回的心又分派了好些事這會讀歇歇便是孫子媳婦有什麼事該叫媳婦瞧去就是了何必老太太親身過去呢倘或再傷感起來老太太身上要有一點兒不好叫做兒子的怎麼處呢賈母道你們各自出去等一會子再進來我還有話說賈政不敢多言只得出來料理兄姪起身的事又叫賈璉挑人跟去這裡

賈母纔叫鴛鴦等派人拿了給鳳姐的東西跟着過來鳳姐正在氣厥平兒哭得眼紅聽見賈母帶着王夫人寶玉寶釵過來疾忙出來迎接賈母便問這會子怎麼樣了平兒恐驚了賈母便說這會子好些老太太既來了請進去瞧瞧他先跑進去輕輕的揭開帳子鳳姐開眼瞧着只見賈母進來滿心慚愧先前原打筭賈母等惱他不疼的了是死活由他的不料賈母親自來瞧心裡一寬覺那擁塞的氣略鬆動些便要扎挣坐起賈母叫平兒按着不要動你好些麼鳳姐含淚道我從小兒過來老太太太太怎麼樣疼我那知我福氣薄叫神鬼支使的失魂落魄不但不能彀在老太太跟前盡點孝心婆婆前討個好還是這

樣把我當人叫我帮着料理家務被我鬧的七顛八倒我還有什麽臉兒見老太太太太呢今日老太太太太親自過來我更當不起了恐怕該活三天的又折上了兩天去了說着悲咽賈母道那些事原是外頭鬧起來的與你什麼相干就是你的東西被人拿去這也筭不了什麽呀我帶了好些東西給你任你自便說着叫人拿上來給他瞧瞧鳳姐本是貪得無厭的人如今被抄盡淨本是愁苦又恐人埋怨正是幾不欲生的時候今兒賈母仍舊疼他王夫人也嗔怪過來安慰他又想賈璉無事心下安放好些便在枕上與賈母磕頭說道請老太太放心若是我的病托着老太太的福好了些我情願自巳當個粗使丫

頭盡心竭力的伏侍老太太太太罷賈母聽他說得傷心不免掉下淚來寶玉是從來沒有經過這大風浪的心下只知安樂不知憂患的人如今碰來碰去都是哭泣的事所以他竟比傻子尤甚見人哭他就哭鳳姐看見家人憂悶反倒勉强說幾句寬慰賈母的話求着請老太太太太回去我略好些過來磕頭說着將頭仰起賈母叫平兒好生服侍短什麼到我那裡要去說着帶了王夫人將要回到自己房中只聽見兩三處哭聲賈母實在不忍聞見便叫王夫人散去叫寶玉去見你大爺大哥送一送就回來自己躺在榻上下淚幸喜鴛鴦等能用百樣言語勸解賈母暫且安歇不言賈赦等分離悲痛那些跟去的人誰是願意的不免心中抱怨叫苦連天正是生離果勝死別看者比受者更加傷心好好的一個榮國府鬧到人嚎鬼哭賈政最循規矩在倫常上也講究的執手分別後自己先騎馬赶至城外舉酒送行又叮嚀了好些國家軫恤勳臣已圖報稱的話賈赦等揮淚分頭而別賈政帶了寶玉回家未及進門只見門上有好些人在那裡亂嚷說今日旨意將榮國公世職着賈政承襲那些人在那裡要喜錢門上人和他們分爭說是本來的世職我們本家襲了有什麼喜報那些人說道那世職的榮耀比任什麼還難得你們大老爺鬧掉了想要這個再不能的了如今的聖人在位赦過宥罪還賞給二老爺襲了這是千載難

的怎麽不給喜錢正鬧着賈政囘家門上囘了雖則喜歡究是哥哥犯事所致反覺感極涕零赶着進內告訴賈母王夫人正恐賈母傷心過來安慰聽得世職復還自是歡喜又見賈政進來賈母拉了說些勤黽報恩的話獨有邢夫人尤氏心下悲苦只不好露出來且說外面這些趨炎奉勢的親戚朋友先前賈宅有事都遠避不來今日見賈政襲職知聖眷尚好大家都來賀喜那知賈政純厚性成因他襲哥哥的職心內反生煩惱只知感激天恩于第二日進內謝恩到底將賞還府第園子備摺奏請入官內廷降旨不必賈政纔得放心囘家已後循分供職但是家計蕭條入不敷出賈政又不能在外應酬家人們見賈政

忠厚鳳姐抱病不能理家賈璉的虧欠一日重似一日難免典房賣地府內家人几個有錢的怕賈璉纏擾都裝窮躲事甚至告假不來各自另尋門路獨有一個包勇雖是新投到此恰遇榮府壞事他倒有些眞心辦事見那些人欺瞞主子便時常不忿奈他是個新來乍到的人一句話也揷不上他便生氣每天吃了就睡衆人嫌他不肯隨和便在賈政前說他終日貪杯生事並不當差賈政道隨他去罷原是甄府荐來不好意思橫竪家內添這一人吃飯雖說是窮也不在他一人身上並不叫來驅逐衆人又在賈璉跟前說他怎樣不好賈璉此時也不敢自作威福只得由他忽一日包勇奈不過吃了幾杯酒在榮府街

上閒逛見有兩個人說話那人說道你瞧怎麽個大府前兒抄
了家不知如今怎麽樣了那人道他家怎麽能敗聽見說裡頭
有位娘娘是他家的姑娘雖是死了到底有根基的况且我常
見他們来往的都是王公侯伯那裡没有照應便是現在的府
尹前任的兵部是他們的一家難道有這些人還護庇不來麽
那人道你白住在這裡別人猶可獨是那個賈大人更了不得
我常見他在兩府來往前兒御史雖參了主子還叫府尹查明
實蹟再辦你道他怎麽樣他本沾過兩府的好處怕人說他迴
護一家他便狠狠的踢了一脚所以兩府裡纔到底抄了你道
如今的世情還了得嗎兩人無心說閒話豈知旁邊有人跟着

聽的明白包勇心下暗想天下有這樣負恩的人但不知是我
老爺的什麽人我若見了他便打他一個死鬧出事來我承當
去那包勇正在酒後胡思亂想忽聽那邊喝道而来包勇遠遠
站着只見那兩人輕輕的說道這来的就是那個賈大人了包
勇聽了心裡懷恨趁了酒興便大聲的道没良心的男女怎麽
忘了我們賈家的恩了雨村在轎內聽得一個賈字便留神觀
看見是一個醉漢便不理會過去了那包勇醉着不知好歹便
得意洋洋回到府中問起同伴知是方纔見的那位大人是這
府裡提拔起來的他不念舊恩反來踢弄偺們家裡見了他罵
他几句他竟不敢荅言那榮府的人本嫌包勇只是主人不計

較他如今他又在外闖禍不得不回趂賈政無事便將包勇喝酒鬧事的話回了賈政此時正怕風波聽得家人回稟便一時生氣叫進包勇罵了几句便派去看園不許他在外行走那包勇本是直爽的脾氣投了主子他便赤心護主豈知賈政反倒責罵他他也不敢再辨只得收拾行李往園中看守澆灌去了

未知後事如何下回分解

紅樓夢第一百七回終

紅樓夢第一百八回

强歡笑蘅蕪慶生辰　死纏綿瀟湘聞鬼哭

却說賈政先前曾將房產並大觀園奏請入官內廷不收又無人居住只好封鎖因園子接連尤氏惜春住宅太覺曠濶無人遂將包勇罰看荒園此時賈政理家又奉了賈母之命將人口漸次減少諸凡省儉尚且不能支持幸喜鳳姐爲賈母疼惜王夫人等雖則不大喜歡若說治家辦事尚能出力所以將內事仍交鳳姐辦理但近來因被抄以後諸事運用不來也是每形拮据那些房頭上下人等原是寬裕慣的如今較之往日十去其七怎能周到不免怨言不絕鳳姐也不敢推辭扶病承歡賈母過了些時賈赦賈珍各到當差地方恃有用度暫且自安寫

書回家都言安逸家中不必掛念于是賈母放心邢夫人尤氏也略略寬懷一日史湘雲出嫁回門來賈母這邊請安賈母提起他女婿甚好史湘雲也將那裡過日平安的話說了請老太太放心又提起黛玉去世不免大家淚落賈母又想起迎春苦楚越覺悲傷起來史湘雲勸解一回又到各家請安問好畢仍到賈母房中安歇言及薛家這樣人家被薛大哥鬧的家破人亡今年雖是緩決人犯明年不知可能減等賈母道你還不知道呢昨兒蟠兒媳婦死的不明白幾乎又鬧出一場大事來還幸虧老佛爺有眼叫他帶來的丫頭自已供出來了那夏奶奶

纔没的鬧了自家攔住相驗你姨媽這裡纔將裏肉的打發出去了你說說真真是六親同運薛家是這樣了姨太太守着薛蝌過日爲這孩子有良心他說哥哥在監裡尚未結局不肯娶親你邢妹妹在大太太那邊也就很苦琴姑娘爲他公公死了尚未滿服梅家尚未娶去二太太的娘家舅太爺一死鳳丫頭的哥哥也不成人那二舅太爺也是個小氣的又是官項不清也是打饑荒甄家自從抄家巳後别無信息湘雲道三姐姐去了曾有書字回來麽賈母道自從嫁了去二老爺回來說你三姐姐在海疆甚好只是没有書信我也日夜惦記爲着我們家連連的出些不好事所以我也顧不來如今四丫頭也没有給

他提親環兒呢誰有功夫提起他來如今我們家的日子比你從前在這裡的時候更苦些只可憐你寶姐姐自過了門没過一天安逸日子你二哥哥還是這樣瘋瘋顛顛這怎麽處呢湘雲道我從小兒在這裡長大的這裡那些人的脾氣我都知道的這一回来了竟都改了樣子了我打諒我隔了好些時沒來他們生踈我我細想起來竟不是的就是見了我瞧他們的意思原要像先前一樣的熱鬧不知道怎麽說說就傷心起來了我所以坐坐就到老太太這裡來了賈母道如今這樣日子在我也罷了你們年輕輕兒的人還了得我正要想個法兒叫他們還熱鬧一天纔好只是打不起這個精神來湘雲道我想起

來了寶姐姐不是後兒的生日嗎我多住一天給他拜過壽大家熱鬧一天不知老太太怎麽樣賈母道我真正氣糊塗了你不題我竟忘了後日可不是他的生日我明日拿出錢來給他辦個生日他沒有定親的時候倒做過好幾次如今他過了門倒沒有做寶玉這孩子頭裡狠伶俐狠淘氣如今爲着家裡的事好不把這孩子越發弄的話都沒有了倒是珠兒媳婦還好他有的時候是這麽着沒的時候他也是這麽着帶着蘭兒靜靜的兒過日子倒難爲他湘雲道別人還不離獨有璉二嫂子連模樣兒都改了說話也不伶俐了明日等我來引逗他們看他們怎麽樣但是他們嘴裡不說心裡要抱怨我說我有了湘雲說到那裡却把臉飛紅了賈母會意道這怕什麽原來姊妹們都是在一處樂慣了的說說笑笑再別要留這些心大凡一個人有也罷沒也罷總要受得富貴耐得貧賤纔好你寶姐姐生來是個大方的人頭裡他家這樣好他也一點兒不驕傲後來他家壞了事他也是舒舒坦坦的如今在我家裡寶玉待他好他也是那樣安頓一時待他不好不見他有什麽煩惱我看這孩子倒是個有福氣的你林姐姐那是個最小性兒又多心的所以到底不長命鳳丫頭也見過些事狠不該略見些風波就改了樣子他若這樣沒見識也就是小器了後兒寶丫頭的生日我替另拿出銀子來熱熱鬧鬧給他做個生日也叫他喜

歡這一天湘雲答應道老太太說得狠是索性把那些姐妹們都來了大家叙一叙賈母道自然要請的一時高興道叫鴛鴦拿出一百銀子來交給外頭叫他明日起預備兩天的酒飯鴛鴦領命叫婆子交了出去一宿無話次日傳話出去打發人去接迎春又請了薛姨媽寶琴叫帶了香菱來又請李嬸娘不多半日李紋李綺都來了寶釵本沒有知道聽見老太太的丫頭來請說薛姨太太來了請二奶奶過去呢寶釵心裡喜歡便是隨身衣服過去要見他母親只見他妹子寶琴並香菱都在這裡又見李嬸娘等人也都来了心想那些人必是知道我們家的事情完了所以來問候的便去問了李嬸娘好見了賈母然

後與他母親說了幾句話便與李家姐妹們問好湘雲在旁說道太太們請都坐下讓我們姐妹們給姐姐拜壽寶釵聽了倒呆了一呆回来一想可不是明日是我的生日嗎便說妹妹們過来瞧老太太是該的若說為我的生日是斷斷不敢的正推讓着寶玉也來請薛姨媽李嬸娘的安聽見寶釵自巳推讓他心裡本早打算過寶釵生日因家中鬧得七顛八倒也不敢在賈母處提起今見湘雲等衆人要拜壽便喜歡道明日纔是生日我正要告訴老太太來湘雲笑道扯臊老太太還等你告訴你打諒這些人為什麽來是老太太請的寶釵聽了心下未信只聽賈母合他母親道可憐寶丫頭做了一年新媳婦裡家接

二連三的有事總沒有給他做過生日今日我給他做個生日請姨太太太太們來大家說說話兒薛姨媽道老太太這些時心裡纔安他小人兒家還沒有孝敬老太太倒要老太太操心湘雲道老太太最疼的孫子是二哥哥難道二嫂子就不疼了麽況且寶姐姐也配老太太給他做生日寶釵低頭不語寶玉心裡想道我只說史妹妹出了閣是換了一個人了我所以不敢親近他他也不來理我如今聽他的話原是和先前一樣的爲什麽我們那個過了門更覺得靦腆了話都說不出來了呢正想着小丫頭進来說二姑奶奶回來了隨後李紈鳳姐都進來大家厮見一番迎春提起他父親出門說本要赶來見見只

是他攔着不許來說是偺們家正是悔氣時候不要沾染在身上我扭不過沒有來直哭了兩三天鳳姐道今兒爲什麽肯放你回来迎春道他又說偺們家二老爺又襲了職還可以走走不妨事的所以纔放我來說着又哭起來賈母道我原爲氣得慌今日接你們來給孫子媳婦過生日說說笑笑解個悶兒你們又提起這些煩事來又招起我的煩惱来了迎春等都不敢作聲了鳳姐雖勉強說了幾句有興的話終不似先前爽利招人發笑賈母心裡要寶釵喜歡故意的嘔鳳姐兒說話鳳姐也知賈母之意便竭力張羅說道今兒老太太喜歡些了你看這些人好幾時沒有聚在一處今兒見齊全說着回過頭去看見婆

婆尤氏不在這裡又縮住了口賈母為着齊全兩字也想邢夫
人等叫人請去邢夫人尤氏惜春等聽見老太太叫不敢不来
心內也十分不願意想着家業零敗偏又高興給寶釵做生日
到底老太太偏心便來了也是無精打彩的賈母問起岫烟来
邢夫人假說病着不來賈母會意知薛姨媽在這裡有些不便
也不提了一時擺下菓酒賈母說也不送到外頭今日只許偺
們娘兒們樂一樂寶玉雖然娶過親的人因賈母疼愛仍在裡
頭打混但不與湘雲寶琴等同席便在賈母身旁設着一個坐
兒他代寶釵輪流敬酒賈母道如今且坐下大家喝酒到挨晚
兒再到各處行禮去若如今行起來禮大家又鬧規矩把我的

與頭打回去就沒趣了寶釵便依言坐下賈母又叫人來道偺
們今兒索性灑脫些各留一兩個人伺候我叫鴛鴦帶了彩雲
鶯兒襲人平兒等在後間去也喝一鍾酒鴛鴦等說我們還沒
有給二奶奶磕頭怎麼就好喝酒去呢賈母道我說了你們只
管去用的着你們再來鴛鴦等去了這裡賈母纔讓薛姨媽等
喝酒見他們都不是往常的樣子賈母着急道你們到底是怎
麼着大家高興些纔好湘雲道我們又吃又喝還要怎樣鳳姐
道他們小的時候兒都高興如今都碍着臉不敢混說所以老
太太瞧着冷淨了寶玉輕輕的告訴賈母道話是沒有什麼說
的再說就說到不好的上頭來了不如老太太出個主意叫他

們行個令兒罷賈母側着耳躲聽了笑道若是行令又得叫鴛鴦去寶玉聽了不待再說就出席到後間去找鴛鴦說老太太要行令叫姐姐去呢鴛鴦道小爺讓我們舒舒服服的喝一盃罷何苦來又來攪什麼寶玉道當真老太太說得叫你去呢與我什麼相干鴛鴦沒法說道你們只管喝我去了就來便到賈母那邊老太太道你來了不是要行令嗎鴛鴦道聽見寶二爺說老太太叫我敢不來嗎不知老太太要行什麼令兒賈母道那文的怪悶的慌武的又不好你倒是想個新鮮頑意兒纔好鴛鴦想了想道如今姨太太有了年紀不肯費心倒不如拿出令盆骰子來大家擲個曲牌名兒賭輸贏酒罷賈母道這也使得便命人取骰盆放在桌上鴛鴦說如今用四個骰子擲去擲不出名兒來的罰一盃擲出名兒來每人喝酒的盃數兒擲出來再定衆人聽了道這是容易的我們都隨著鴛鴦便打點兒衆人叫鴛鴦喝了一盃就在他身上數起恰是薛姨媽先擲薛姨媽便擲了一下却是四個么鴛鴦道這是有名的叫做商山四皓有年紀的喝一盃於是賈母李嬸娘邢王兩夫人都該喝賈母舉酒要喝鴛鴦道這是姨太太擲的還該姨太太說個曲牌名兒下家兒接一句千家詩說不出的罰一盃薛姨媽道你又來算計我了我那裡說得上來賈母道不說到底寂寞還是說一句的好下家兒就是我了若說不出來我陪姨太太喝一

鍾就是了薛姨媽便道我說個臨老入花叢賈母點點頭兒道將謂偷閒學少年說完骰盆過到李紋便擲了兩個四兩個二鴛鴦說也有名了這叫作劉阮入天臺李紋便接着說了個二士入桃源下手兒便是李紈說道尋得桃花好避秦大家又喝了一口骰盆又過到賈母跟前便擲了兩個二兩個三賈母道這要喝酒了鴛鴦道有名兒的這是江燕引雛衆人都該喝一盃鳳姐道雛是雛到飛了好些了衆人瞅了他一眼鳳姐便不言語賈母道我說什麼呢公令孫龍下手是李綺便說道閒看兒童捉柳花衆人都說好寶玉巴不得要說只是令盆輪不到正想着恰好到了跟前便擲了一個二兩個三一個么便說道

這是什麼鴛鴦笑道這是個臭先喝一盃再擲罷寶玉只得喝了又擲這一擲擲了兩個三兩個四鴛鴦道有了這叫做張敞畫眉寶玉明白打趣他寶釵的臉也飛紅了鳳姐不大懂得還說二兄弟快說了再找下家兒是誰寶玉明知難說自認罰了罷我也沒下家過了令盆輪到李紈便擲了一下兒鴛鴦道大奶奶擲的是十二金釵寶玉聽了趕到李紈身傍看時只見紅綠對開便說這一個好看得狠忽然想起十二釵的夢來便呆呆的退到自巳座上心裡想這十二釵說是金陵的怎麽家這些人如今七大八小的就剩了這幾個復又看看湘雲寶釵雖說都在只是不見了黛玉一時按捺不住眼淚便要下來恐人看

見便說身上躁的狠脫脫衣服去掛了籌出席去了這史湘雲看見寶玉這般光景打諒寶玉擲不出好的被別人擲了去心裡不喜歡便去了又嫌那個令兒沒趣便有些煩只見李紈道我不說了席間的人也不齊不如罰我一杯賈母道這個令兒也不熱鬧不如捐了罷讓鴛鴦擲一下看擲出個什麼來小丫頭便把令盆放在鴛鴦跟前鴛鴦依命便擲了兩個二一個五那一個骰子在盆中只管轉鴛鴦叫道不要五那骰子单单轉出一個五來鴛鴦道了不得我輸了賈母道這是不算什麼的嗎鴛鴦道名兒倒有只是我說不上曲牌名來賈母道你說名兒我給你謅鴛鴦道這是浪掃浮萍賈母道這也不難我替你

說個秋魚入菱窠鴛鴦下手的就是湘雲便道白萍吟盡楚江秋衆人都道這句很確賈母道這令完了咱們喝兩杯吃飯罷回頭一看見寶玉還沒進來便問道寶玉那裡去了還不來鴛鴦道換衣服去了賈母道誰跟了去的那鶯兒便上來回道我看見二爺出去我叫襲人姐姐跟了去了賈母王夫人纔放心等了一回王夫人叫人去找來小丫頭子到了新房只見五兒在那裡插蠟小丫頭便問寶二爺那裡去了五兒道在老太太那邊喝酒呢小丫頭道我在老太太那裡太太叫我來找的豈有在那裡倒叫我來找的理五兒道這就不知道了你到別處找去罷小丫頭沒法只得回來遇見秋紋便道你見二爺那裡

去了秋紋道我也找他太太們等他吃飯這會子那裡去了呢你快去回老太太去不必說不在家只說喝了酒不大受用不吃飯了略躺一躺再來請老太太們吃飯罷小丫頭依言回去告訴珍珠珍珠依言回了賈母賈母道他本來吃不多不吃也罷了叫他歇歇罷告訴他今兒不必過來有他媳婦在這裡珍珠便向小丫頭道你聽見了小丫頭答應着不便說明只得在別處轉了一轉說告訴了衆人也不理會便吃畢飯大家散坐說話不題且說寶玉一時傷心走了出來正無主意只見襲人赶來問是怎麼了寶玉道不怎麼只是心裡煩得慌何不趁他們喝酒偺們兩個到珍大奶奶那裡逛逛去襲人道珍大奶奶

在這裡去找誰寶玉道不找誰瞧瞧他既在這裡住的房屋怎麼樣襲人只得跟着一面走一面說走到尤氏那邊又一個小門兒半開半掩寶玉也不進去只見看園門的兩個婆子坐在門檻上說話兒寶玉問道這小門開着麼婆子道天天是不開的今兒有人出來說今日預備老太太要用園裡的菓子故開着門等着寶玉便慢慢的走到那邊果見腰門半開寶玉便走了進去襲人忙拉住道不用去園裡不干凈常沒有人去不要有撞見什麼寶玉仗着酒氣說我不怕那些襲人苦苦的拉住不容他去婆子們上來說道如今這園子安靜的了自從那日道士拿了妖去我們摘花兒打菓子一個人常走的二爺要去

偺們都跟著有這些人怕什麼寶玉喜歡襲人也不便相强只得跟著寶玉進得園來只見滿目凄凉那些花木枯萎更有幾處亭館彩色久經剝落遠遠望見一叢修竹倒還茂盛寶玉一想說我自病時出園住在後邊一連幾個月不准我到這裡瞬息荒凉你看獨有那幾杆翠竹菁葱這不是瀟湘館麽襲人道你幾個月没來連方向都忘了偺們只管說話不覺將怡紅院走過了回過頭來用手指着道這纔是瀟湘館呢寶玉順着襲人的手一瞧道可不是過了嗎偺們回去瞧瞧襲人道天晚了老太太必是等着吃飯該回去了寶玉不言找着舊路竟往前走你道寶玉雖離了大觀園將及一載豈遂忘了路徑只因襲

人恐他見了瀟湘館想起黛玉又要傷心所以用言混過豈知寶玉只望裡走天又晚招了邪氣故寶玉問他只說已走過了欲寶玉不去不料寶玉的心惟在瀟湘館內襲人見他往前急走只得赶上見寶玉站着似有所見如有所聞便道你聽什麽寶玉道瀟湘館倒有人住着麽襲人道大約没有人罷寶玉道我明明聽見有人在內啼哭怎麽没有人襲人道我是疑心素常你到這裡傷心常聽見林姑娘所以如今還是那樣寶玉不信還要聽去婆子們赶上說道二爺快回去罷天已晚了別處我們還敢走走只是這裡路又隱僻又聽得人說這裡林姑娘死後常聽見有哭聲所以人都不敢走的寶玉襲人聽說都吃

了一驚寶玉道可不是說着便滴下淚來說林妹妹林妹妹好好兒的是我害了你了你別怨我只是父母作主並不是我負心愈說愈痛便大哭起來襲人正在沒法只見秋紋帶著些人趕來對襲人道你好大胆怎麽領了二爺到這裡來老太太太太他們打發人各處都找到了剛纔腰門上有人說是你同二爺到這裡來了唬得老太太太太們了不得罵着我叫我帶人趕來還不快囘去麽寶玉猶自痛哭襲人也不顧他哭兩個人拉着就走一面替他拭眼淚告訴他老太太着急寶玉沒法只得囘來襲人知老太太不放心將寶玉仍送到賈母那邊衆人都等着未散賈母便說襲人我素常知你明白纔把寶玉交給

你怎麽今兒帶他園裡去他的病纔好倘或撞着什麽又鬧起來這便怎麽處襲人也不敢分辨只得低頭不語寶釵看寶玉顏色不好心裡着實的吃驚倒還是寶玉恐襲人受委屈說道青天白日怕什麽我因爲好些時沒到園裏逛逛今兒趁着酒興走走那裡就撞着什麽了呢鳳姐在園裡吃過大虧的聽到那裡寒毛倒竪說寶兄弟胆子忒大了湘雲道不是胆大倒是心實不知是會芙蓉神去了還是尋什麽仙去了寶玉聽着也不答言獨有王夫人急的一言不發賈母問道你到園裡可曾唬着麽這囘不用說了已後要逛到底多帶幾個人纔好不然大家早散了囘去好好的睡一夜明日一早過來我還要找補

叫你們再樂一天呢不要爲他又鬧出什麼原故來衆人聽說
辭了賈母出來薛姨媽便到王夫人那裡住下史湘雲仍在賈
母房中迎春便在惜春那裡去了餘者各自回去不題獨有寶
玉回到房中噯聲嘆氣寶釵明知其故也不理他只是怕他憂
悶勾出舊病來便進裡間叫襲人來細問他寶玉到園怎麽樣
的光景未知襲人怎生回說下回分解

紅樓夢第一百八回

紅樓夢第一百九回

候芳魂五兒承錯愛　還孽債迎女返眞元

話說寶釵叫襲人問出原故恐寶玉悲傷成疾便將黛玉臨死的話與襲人假作閒談說是人生在世有意有情到了死後各自幹各自的去了並不是生前那樣個人死後還是這樣活人雖有痴心死的竟不知道況且林姑娘既說仙去他看凡人是個不堪的濁物那裡還肯混在世上只是人自己疑心所以招些邪魔外祟來纏擾了寶釵雖是與襲人說話原說給寶玉聽的襲人會意也說是沒有的事若說林姑娘的魂靈兒還在園裡我們也算好的怎麼不曾夢見了一次寶玉在外間聽得細

細的想道果然也奇我知道林妹妹死了那一日不想幾遍怎麼從沒夢過想是他到天上去了瞧我這凡夫俗子不能交通神明所以夢都沒有一個兒我就在外間睡着或者我從園裡回來他知道我的實心肯與我夢裡一見我必要問他實在那裡去了我也時常祭奠若是果然不理我這濁物竟無一夢我便不想他了主意已定便說我今夜就在外間睡了你們也不用管我寶釵也不强他只說你不要胡思亂想你不瞧瞧太太因你園裡去了急得話都說不出來若是知道還不保養身子倘或老太太知道了又說我們不用心寶玉道白這麼說罷咧我坐一會子就進來你也乏了先睡罷寶釵知他必進來的假

意說道我睡了叫襲姑娘伺候你罷寶玉聽了正合機宜候寶釵睡了他便叫襲人麝月另鋪設下一付被褥常叫人進來瞧二奶奶睡着了沒有寶釵故意裝睡也是一夜不寧那寶玉知是寶釵睡着便與襲人道你們各自睡罷我又不傷感你若不信你就伏侍我睡了再進去只要不驚動我就是了襲人果然伏侍他睡下便預備下了茶水關好了門進裡間去照應一回各自假寐寶玉若有動靜再為出來寶玉見襲人等進來便將坐更的兩個婆子支到外頭他輕輕的坐起來暗暗的祝了幾句便睡下了欲與神交起初再睡不着巳後把心一靜便睡去了豈知一夜安眠直到天亮寶玉醒來拭眼坐起來想了一回

並無有夢便嘆口氣道正是悠悠生死別經年魂魄不曾來入夢寶釵却一夜反沒有睡着聽寶玉在外邊念這兩句便接口道這句又說莽撞了如若林妹妹在時又該生氣了寶玉聽了反不好意思只得起來搭赸着往裡間走來說我原要進来的不覺得一個盹兒就打着了寶釵道你進來不進来與我什麼相干襲人等本沒有睡眼見他們兩個說話卽忙倒上茶來巳見老太太那邊打發小丫頭來問寶二爺昨晚睡得安頓麼若安頓時早早的同二奶奶梳洗了就過去襲人便說你去回老太太說寶玉昨夜狠安頓回來就過來小丫頭去了寶釵起來梳洗了鶯兒襲人等跟着先到賈母那裡行了禮便到王夫人那

邊起至鳳姐都讓過了仍到賈母處見他母親也過來了大家問起寶玉昨上好麽寶釵便說回去就睡了沒有什麽衆人放心又說些閒話只見小丫頭進來說二姑奶奶要回去了聽見說孫姑爺那邊人來到大太太那裡說了些話大太太叫人到四姑娘那邊說不必留了讓他去罷如今二姑奶奶在大太太那邊哭呢大約就過來辭老太太賈母衆人聽了心中好不自在都說二姑娘這樣一個人爲什麽命裡遭着這樣的人一輩子不能出頭這便怎麽好說着迎春進來淚痕滿面因爲是寶釵的好日子只得含着淚辭了衆人要回去賈母知道他的苦處也不便强留只說道你回去也罷了但是不要悲傷碰着了

這樣人也是沒法兒的過幾天我再打發人接你去迎春道老太太始終疼我如今也疼不來了可憐我只是沒有再來的時候了說着眼淚直流衆人都勸道這有什麽不能回來的比不得你三妹妹隔得遠要見面就難了賈母等想起探春不覺也大家落淚只爲是寶釵的生日卽轉悲爲喜說這也不難只要海疆平靜那邊親家調進京來就見的着了大家說可不是這麽着呢說着迎春只得含悲而別衆人送了出來仍回賈母那裡從早至暮又鬧了一天衆人見賈母勞乏各自散了獨有薛姨媽辭了賈母到寶釵那裡說道你哥哥是今年過了直要等到皇恩大赦的時候减了等纔好贖罪這幾年叫我孤苦伶仃

怎麽處我想要與你二哥哥完婚你想想好不好寶釵道媽媽是爲着大哥哥娶了親唬怕的了所以把二哥哥的事猶豫起來據我說很該就辦邢姑娘是媽媽知道的如今在這裏也很苦娶了去雖說我家窮究竟比他傍人門戶好多着呢薛姨媽道你得便的時候就去告訴老太太說我家没人就要揀日子了寶釵道媽媽只管同二哥哥商量挑個好日子過來和老太太大太太說了娶過去就完了一宗事這裏大太太也巴不得娶了去纔好薛姨媽道今日聽見史姑娘也就囘去了老太太心裏要留你妹妹在這裏住幾天所以他住下了我想他也是不定多早晚就走的人了你們姊妹們也多叙幾天話兒寶釵

道正是呢于是薛姨媽又坐了一坐出來辭了衆人囘去了却說寶玉晚間歸房因想昨夜黛玉竟不入夢或者他已經成仙所以不肯來見我這種濁人也是有的不然就是我的性兒太急了也未可知便想了個主意向寶釵說道我昨夜偶然在外間睡着似乎比在屋裏睡的安穩些今日起來心裏也覺清淨些我的意思還要在外間睡兩夜只怕你們又來攔我寶釵聽了明知早辰他嘴裏念詩是爲着黛玉的事了想來他那個獃性是不能勸的倒好叫他睡兩夜索性自已死了心也罷了况兼昨夜聽他睡的倒也安靜便道好沒來由你只管睡去我們攔你作什麽但只不要胡思亂想招出些邪魔外祟來寶玉笑

道誰想什麽襲人道依我勸二爺竟還是屋裡睡罷外邊一時照應不到着了風倒不好寶玉未及答言寶釵却向襲人使了個眼色襲人會意便道也罷叫個人跟着你罷夜裡好倒茶倒水的寶玉便笑道這麽說你就跟了我来襲人聽了倒沒意思起來登時飛紅了臉一聲也不言語寶釵素知襲人穩重便說道他是跟慣了我的還叫他跟着我罷叫麝月五兒照料着也罷了況且今日他跟着我鬧了一天也乏了該叫他歇歇了寶玉只得笑着出来寶釵因命麝月五兒給寶玉仍在外間鋪設了又囑咐兩個人醒睡些要茶要水都留點神兒兩個答應着出來看見寶玉端然坐在床上閉目合掌居然像個和尚一般

兩個也不敢言語只管瞅着他笑寶釵又命襲人出來照應襲人看見這般却也好笑便輕輕的叫道該睡了怎麽又打起坐來了寶玉睜開眼看見襲人便道你們只管睡罷我坐一坐就睡襲人道因為你昨日那個光景鬧的二奶奶一夜沒睡你再這麽着成何事體寶玉料着自已不睡都不肯睡便收拾睡下襲人又囑咐了麝月等幾句纔進去關門睡了這裡麝月五兒兩個人也收拾了被褥伺候寶玉睡着各自歇下那知寶玉要睡越睡不着見他兩個人在那裡打鋪忽然想起那年襲人不在家時晴雯麝月兩個人服事夜間麝月出去晴雯要唬他因為沒穿衣服着了凉後来還是從這個病上死的想到這裡一

心移在晴雯身上去了忽又想起鳳姐說五兒給晴雯脫了個影兒因又將想晴雯的心腸移在五兒身上自己假粧睡着偷偷的看那五兒越瞧越像晴雯不覺獃性復發聽了聽裡間已無聲息知是睡了却見麝月也睡着了便故意叫了麝月兩聲却不答應五兒聽見寶玉喚人便問道二爺要什麼寶玉道我要漱漱口五兒見麝月已睡只得起來重新剪了燭花倒了一鍾茶來一手托着漱盂却因赶忙起來的身上只穿着一件桃紅綾子小襖兒鬆鬆的挽着一個鬢兒寶玉看時居然晴雯復生忽又想起晴雯說的早知擔個虛名也就打個正經主意了不覺獃獃的呆看也不接茶那五兒自從芳官去後也無心進

來了後來聽得鳳姐叫他進來伏侍寶玉竟比寶玉盼他進來的心還急不想進來以後見寶釵襲人一般尊貴穩重看着心裡實在敬慕又見寶玉瘋瘋傻傻不是先前風致又聽見王夫人爲女孩子們和寶玉頑笑都攆了所以把這件事擱在心上倒無一毫的兒女私情了怎奈這位獃爺今晚把他當作晴雯只管愛惜起來那五兒早已羞得兩頰紅潮又不敢大聲說話只得輕輕的說道二爺漱口啊寶玉笑着接了茶在手中也不知道漱了沒有便笑嘻嘻的問道你和晴雯姐姐好不是啊五兒聽了摸不着頭惱便道都是姐妹也沒有什麼不好的寶玉又悄悄的問道晴雯病重了我看他去不是你也去了麼五兒

微微笑着點頭兒寶玉道你聽見他說什麼了沒有五兒搖着頭兒道沒有寶玉已經忘神便把五兒的手一拉五兒急得紅了臉心裡亂跳便悄悄說道二爺有什麼話只管說別拉拉扯扯的寶玉纔放了手說道他和我說來着早知擔了個虛名也就打正經主意了你怎麼沒聽見麼五兒聽了這話明明是輕薄自巳的意思又不敢怎麼樣便說道那是他自巳沒臉這也是我們女孩兒家說得的嗎寶玉着急道你怎麼也是這個道學先生我看你長的和他一模一樣我纔肯和你說這個話你怎麼倒拿這些話來遭塌他此時五兒心中也不知寶玉是怎麼個意思便說道夜深了二爺也睡罷別緊着坐着看涼着剛

纔奶奶和襲人姐姐怎麼囑咐了寶玉道我不涼說到這裡忽然想起五兒沒穿着大衣服就怕他也像晴雯着了涼便說道你爲什麼不穿上衣服就過來五兒道爺叫的緊那裡有儘着穿衣裳的空兒要知道說這半天話兒時我也穿上了寶玉聽了連忙把自巳蓋的一件月白綾子綿袄兒揭起來遞給五兒叫他披上五兒只不肯接說二爺蓋着罷我不涼我涼我有我的衣裳說着回到自巳鋪邊拉了一件長袄披上又聽了聽麝月睡的正濃纔慢慢過來說二爺今晚不是要養神呢嗎寶玉笑道實告訴你罷什麼是養神我倒是要遇仙的意思五兒聽了越發動了疑心便問道遇什麼仙寶玉道你要知道這話長

着呢你挨着我來坐下我告訴你五兒紅了臉笑道你在那裡躺着我怎麼坐呢寶玉道這個何妨那一年冷天也是你麝月和姐姐和你晴雯姐姐頑我怕凍着他還把他攬在被裡握着呢這有什麼的大凡一個人總不要酸文假醋纔好五兒聽了句句都是寶玉調戲之意那知這位獃爺卻是實心實意的話兒五兒此時走開不好站着不好坐下不好倒沒了主意了因微微的笑着道你別混說了看人家聽見這是什麼意思怨不得人家說你專在女孩兒身上用工夫你自已放着二奶奶和襲人姐姐都是仙人兒是的只愛和別人胡纏明兒再說這些話我回了二奶奶看你什麼臉見人正說着只聽外面咕咚一聲

把兩個人嚇了一跳裡間寶釵咳嗽了一聲寶玉聽見連忙掀嘴兒五兒也就忙忙的息了燈悄悄的躺下了原來寶釵襲人因昨夜不曾睡又兼日間勞乏了一天所以睡去都不曾聽見他們說話此時院中一响早已驚醒聽了聽也無動靜寶玉此時躺在床上心裡疑惑莫非林妹妹來了聽見我和五兒說話故意嚇我們的翻來覆去胡思亂想五更以後纔朦朧睡去卻說五兒被寶玉鬼混了半夜又兼寶釵咳嗽自已懷着鬼胎生怕寶釵聽見了也是思前想後一夜無眠次日一早起來見寶玉尚自昏昏睡着便輕輕兒的收拾了屋子那時麝月已醒便道你怎麼這麼早起來了你難道一夜沒睡嗎五兒聽這話又

似麝月知道了的光景便只是赸笑也不答言不一時寶釵襲人也都起來開了門見寶玉尙睡却也納悶怎麼外邊兩夜睡得倒這般安穩及寶玉醒来見衆人都起來了自巳連忙爬起揉着眼睛細想昨夜又不曾夢見可是仙凡路隔了慢慢的下了床又想昨夜五兒說的寶釵襲人都是天仙一般這話却也不錯便怔怔的瞅着寶釵寶釵見他發怔雖知他為黛玉之事却也定不得夢不夢只是瞅的自巳倒不好意思便道二爺昨夜可真遇見仙了麽寶玉聽了只道昨晚的話寶釵聽見了笑着勉强說道這是那裡的話那五兒聽了這一句越發心虛起來又不好說的只得且看寶釵的光景只見寶釵又笑着問五

兒道你聽見二爺睡夢中和人說話來着麽寶玉聽了自巳坐不住搭赸着走開了五兒把臉飛紅只得含糊道前半夜倒說了幾句我也没聽真什麽擔了虛名又什麽没打正經主意我也不懂勸着二爺睡了後來我也睡了不知二爺還說來着没有寶釵低頭一想這話明是為黛玉了但儘着叫他在外頭恐怕心邪了招出些花妖月姊來况兼他的舊病原在姊妹上情重秪好設法將他的心意挪過來然後能免無事想到這裡不免面紅耳熱起來也就赸赸的進房梳洗去了且說賈母兩日高興畧吃多了些這晚有些不受用第二天覺便着胸口飽悶鴛鴦等要回賈政賈母不叫言語說我這兩日嘴饞些吃多

了點子我餓一頓就好了你們快別吵嚷于是鴛鴦等並沒有告訴人這日晚間寶玉囘到自已屋裡見寶釵自賈母王夫人處纔請了晚安囘來寶玉想着早起之事未免赧顏抱慚寶釵看他這樣也曉得是個没意思的光景因想着他是個痴情人要治他的這病少不得仍以痴情治之想了一囘便問寶玉道你今夜還在外間睡去罷咧寶玉自覺没趣便道裡間外間都是一樣的寶釵意欲再說反覺不好意思襲人道罷呀這倒是什麽道理呢我不信睡得那麽安穩五兒聽見這話連忙接口道二爺在外間睡別的倒没什麽只是愛說夢話叫人摸不着頭腦兒又不敢駁他的同襲人便道我今日挪到床上睡睡看

說夢話不說你們只管把二爺的鋪蓋鋪在裡間就完了寶釵聽了也不作聲寶玉自已慚愧不來那裡還有強嘴的分兒便依着搬進裡間來一則寶玉負愧欲安慰寶釵之心二則寶釵恐寶玉思鬱成疾不如假以詞色使得稍覺親近以爲移花接木之計于是當晚襲人果然挪出去寶玉因心中愧悔寶釵欲攏絡寶玉之心自過門至今日方纔如魚得水恩愛纏綿所謂二五之精妙合而凝的了此是後話且說次日寶玉寶釵同起寶玉梳洗了先過賈母這邊來這裡賈母因疼寶玉又想寶釵孝順忽然想起一件東西便叫鴛鴦開了箱子取出祖上所遺一個漢玉玦雖不及寶玉他那塊玉石掛在身上却也希罕鴛

蒿找出來遞與賈母便說道這件東西我好像從没見的老太太這些年還記得這樣清楚說是那一箱什麽匣子裡裝着我接着老太太的話一拿就拿出來了老太太怎麽想着拿出來做什麽賈母道你那裡知道這塊玉還是祖爺爺給我們老太爺老太爺疼我臨出嫁的時候叫了我去親手遞給我的還說這玉是漢時所佩的東西狠貴重你拿著就像見了我的一樣我那時還小拿了來也不當什麽便撩在箱子裡到了這裡我見偺們家的東西也多這算得什麽從没帶過一撩便撩了六十多年今兒見寶玉這樣孝順他又丟了一塊玉故此想着拿出来給他也像是祖上給我的意思一時寶玉請了安賈母便

喜歡道你過來我給你一件東西瞧瞧寶玉走到床前賈母便把那塊漢玉遞給寶玉寶玉接来一瞧那玉有三寸方圓形似甜瓜色有紅暈甚是精緻寶玉口口稱讚賈母道你愛麽這是我祖爺爺給我的我傳了你罷寶玉笑着請了個安謝了又拿了要送給他母親瞧賈母道你太太瞧了告訴你老子又說疼兒子不如疼孫子了他們從没見過寶玉笑着去了寶釵等又說了幾句話也辭了出來自此賈母兩日不進飲食胸口仍是結悶覺得頭暈目眩咳嗽邢王二夫人鳳姐等請安見賈母精神尚好不過叫人告訴賈政立刻來請了安賈政出來卽請大夫看脉不多一時大夫來胗了脈說是有年紀的人停了些飲

食感冒些風寒略消導發散些就好了開了方子賈政看了知是尋常藥品命人煎好進服已後賈政早晚進來請安一連三日不見稍減賈政又命賈璉打聽好大夫快去請來瞧老太太的病偺們家常請的幾個大夫我瞧着不怎麼好所以叫你去賈璉想了一想說道記得那年寶兄弟病的時候倒是請了一個不行醫的來瞧好了的如今不如找他賈政道醫道却是極難的愈是不興時的大夫倒有本領你就打發人去找來罷賈璉即忙答應去了回來說道這劉大夫新近出城教書去了過十來天進城一次這時等不得又請了一位也就來了賈政聽了只得等着不題且說賈母病時合宅女眷無日不來請安一

日衆人都在那裡只見看園內腰門的老婆子進來回說園裡的櫳翠菴的妙師父知道老太太病了特來請安衆人道他不常過來今兒特地來你們快請去來鳳姐走到床前回賈母岫烟是妙玉的舊相識先走出去接他只見妙玉頭帶妙常髻身上穿一件月白素紬襖兒外罩一件水田青緞鑲邊長背心拴着秋香色的絲縧腰下繫一條淡墨畫的白綾裙手執塵尾念珠跟着一個侍兒飄飄搜搜的走來岫烟見了問好說是在園內住的日子可以常常來瞧瞧你近來因爲園內人少一個人輕易難出來况且偺們這裡的腰門常關着所以這些日子不得見你今兒幸會妙玉道頭裡你們是熱鬧場中你們雖在外

園裡住我也不便常來親近如今知道這裡的事情也不大好又聽說是老太太病着又惦記你並要瞧瞧寶姑娘我那管你們的關不關我要來就來我不來你們要我來也不能啊岫烟笑道你還是那種脾氣一面說着已到賈母房中衆人見了都問了好妙玉走到賈母床前問候說了幾句套話賈母便道你是個女菩薩你瞧瞧我的病可好得了好不了妙玉道老太太這樣慈善的人壽數正有呢一時感冒吃幾貼藥想來也就好了有年紀人只要寬心些賈母道我倒不爲這些我是極愛尋快樂的如今這病也不覺怎樣只是胸膈悶飽剛纔大夫說是氣惱所致你是知道的誰敢給我氣受這不是那大夫脉理平

常麼我和璉兒說了還是頭一個大夫說感冒傷食的是明兒仍請他來說着叫鴛鴦吩咐厨房裡辦一桌淨素菜來請他在這裡便飯妙玉道我已吃過午飯了我是不吃東西的王夫人道不吃也罷偺們多坐一會說些閒話兒罷妙玉道我久已不見你們今兒來瞧瞧又說了一回話便要走回頭見惜春站着便問道四姑娘爲什麽這樣瘦不要只管愛畫勞了心惜春道我久不畫了如今住的房屋不比園裡的顯亮所以沒興畫妙玉道你如今住在那一所了惜春道就是你纔進來的那個門東邊的屋子你要來狠近妙玉道我高興的時候來瞧你惜春等說着送了出去回身過來聽見丫頭們回說大夫在賈母

那邊呢衆人暫且散去那知賈母這病日重一日延醫調治不效已後又添腹瀉賈政着急知病難醫即命人到衙門告假日夜同王夫人親視湯藥一日見賈母畧進些飲食心裡稍寬只見老婆子在門外探頭王夫人叫彩雲看去問問是誰彩雲看了是陪迎春到孫家去的人便道你來做什麽婆子道我來了半日這裡找不著一個姐姐們我又不敢冒撞我心裡又急彩雲道你急什麽又是姑爺作踐姑娘不成麽婆子道姑娘不好了前兒鬧了一場姑娘哭了一夜昨日痰賭住了他們又不請大夫今日更利害了彩雲道老太太病着呢别大驚小怪的王夫人在內已聽見了恐老太太聽見不受用忙叫彩雲帶他外

頭說去豈知賈母病中心静偏偏聽見便道迎丫頭要死了麽王夫人便道沒有婆子們不知輕重說是這兩日有些病恐不能就好到這裡問大夫賈母道瞧我的大夫就好快請了去王夫人便叫彩雲叫這婆子去回大太太去那婆子去了這裡賈母便悲傷起來說是我三個孫女兒一個享盡了福死了三丫頭遠嫁不得見面迎丫頭雖苦或者熬出來不打諒他年輕輕兒的就要死了留着我這麽大年紀的人活着做什麽王夫人鴛鴦等解勸了好半天那時寶釵李氏等不在房中鳳姐近來有病王夫人恐賈母生悲添病便叫人叫了他們來陪着自巳回到房中叫彩雲來埋怨這婆子不懂事已後我在老太太那

裡你們有事不用來回丫頭們依命不言豈知那婆子剛到那
夫人那裡外頭的人已傳進來說二姑奶奶死了邢夫人聽了
也便哭了一場現今他父親不在家中只得叫賈璉快去瞧看
知賈母病重衆人都不敢回可憐一位如花似月之女結縭年
餘不料被孫家揉搓以致身亡又值賈母病篤衆人不便離開
竟容孫家草草完結賈母病勢日增只想這些孫女兒一時想
起湘雲便打發人去瞧他回來的人悄悄的找鴛鴦因鴛鴦在
老太太身旁王夫人等都在那裡不便上去到了後頭找了琥
珀告訴他道老太太想史姑娘叫我們去打聽那裡知道史姑
娘哭得了不得說是姑爺得了暴病大夫都瞧了說這病只怕

不能好若變了個癆病還可捱過四五年所以史姑娘心裡著
急又知道老太太病只是不能過來請安還叫我不要在老太
太面前提起倘或老太太問起來務必托你們變個法兒回老
太太纔好琥珀聽了咳了一聲就也不言語了半日說道你去
罷琥珀也不便叫心裡打算告訴鴛鴦叫他撒謊去所以來到
賈母床前只見賈母神色大變地下站着一屋子的人喊喊的
說瞧着是不好了也不敢言語了這裡賈政悄悄的叫賈璉到
身傍向耳邊說了幾句話賈璉輕輕的答應出去了便傳齊了
現在家的一干家人說老太太的事待好出來了你們快快分
頭派人辦去頭一件先請出板來瞧瞧好掛裡子快到各處將

各人的衣服量了尺寸都開明了便叫裁縫去做孝衣那棚杠執事都去講定廚房裡還該多派幾個人賴大等回道二爺這些事不用爺費心我們早打算好了只是這項銀子在那裡打算賈璉道這種銀子不用算了老太太自己早留下了剛纔老爺的主意只要辦的好我想外面也要好看賴大等答應派人分頭辦去賈璉復回到自己房中便問平兒你奶奶今兒怎麼樣平兒把嘴往裡一努說你瞧去賈璉進內見鳳姐正要穿衣一時動不得暫且靠在炕桌兒上賈璉道你只怕養不住了老太太的事今兒明兒就要出來了你還脫得過麼快叫人將屋裡收拾收拾就該扎掙上去了若有了事你我還能回來麼

鳳姐道偺們這裡還有什麼收拾的不過就是這點子東西還怕什麼你先去罷看老爺叫你我換件衣裳就來賈璉先回到賈母房裡向賈政悄悄的回道諸事已交派明白了賈政點頭外面又報太醫進來了賈璉接入又胗了一回出來悄悄的告訴賈璉老太太的脉氣不好防着些賈璉會意與王夫人等說知王夫人即忙使眼色叫鴛鴦過來叫他把老太太的裝裹衣服預備出來鴛鴦自去料理賈母睜眼要茶喝邢夫人便進了一杯參湯賈母剛用嘴接着喝便道不要那個倒一鍾茶來我喝衆人不敢違拗即忙送上來一口喝了還要又喝一口便說我要坐起來賈政等道老太太要什麼只管說可以不必坐起

來纔好賈母道我喝了口水心裡好些略靠着和你們說說話珍珠等用手輕輕的扶起看見賈母這回精神好些未知生死
下回分解

紅樓夢第一百九回終

紅樓夢第一百十回

史太君壽終歸地府　王鳳姐力詘失人心

却說賈母坐起說道我到你們家已經六十多年了從年輕的時候到老來福也享盡了自你們老爺起兒子孫子也都算是好的了就是寶玉呢我疼了他一塲說到那裡拿眼滿地下瞅着王夫人便推寶玉走到床前賈母從被窩裡伸出手來拉着寶玉道我的兒你要爭氣纔好寶玉嘴裡答應心裡一酸那眼淚便要流下來又不敢哭只得站着聽賈母說道我想再見一個重孫子我就安心了我的蘭兒在那裡呢李紈也推賈蘭上去賈母放了寶玉拉着賈蘭道你母親是要孝順的將來你成

了人也叫你母親風光風光鳳丫頭呢鳳姐本來站在賈母旁邊赶忙走到眼前說在這裡呢賈母道我的兒你是太聰明了將來修修福罷我也沒有修什麼不過心實吃虧那些吃齋念佛的事我也不大幹就是舊年叫人寫了些金剛經送送人不知送完了沒有鳳姐道沒有呢賈母道早該施捨完了纔好我們大老爺和珍兒是在外頭樂了最可惡的是史丫頭沒良心怎麼總不來瞧我鴛鴦等明知其故都不言語賈母又瞧了一瞧寶釵嘆了口氣只見臉上發紅賈政知是迴光返照即忙進上參湯賈母的牙關已經緊了合了一回眼又睜着滿屋裡瞧了一瞧王夫人寶釵上去輕輕扶着邢夫人鳳姐等便忙穿衣

地下婆子們已將床安設停當鋪了被褥聽見賈母喉間略一响動臉變笑容竟是去了享年八十三歲衆婆子疾忙停床于是賈政等在外一邊跪着邢夫人等在內一邊跪齊一齊舉起哀來外面家人各樣預備齊全只聽裡頭信兒一傳出來從榮府大門起至內宅門扇扇大開一色淨白紙糊了孝棚高起大門前的牌樓立時豎起上下人等登時成服賈政報了丁憂禮部奏聞主上深仁厚澤念及世代功勳又係元妃祖母賞銀一千兩諭禮部主祭家人們各處報喪衆親友雖知賈家勢敗今見聖恩隆重都來探喪擇了吉時成殮停靈正寢賈赦不在家賈政為長寶玉賈環賈蘭是親孫年紀又小都應守靈賈璉雖也是親孫帶着賈蓉尚可分派家人辦事雖請了些男女外親來照應內裡邢王二夫人李紈鳳姐寶釵等是應靈旁哭泣的尤氏雖可照應他賈珍外出依住榮府一向總不上前且又榮府的事不甚諳練賈蓉的媳婦更不必說了惜春年小雖在這裡長的他于家事全不知道所以內裡竟無一人支持只有鳳姐可以照管裡頭的事況又賈璉在外作主裡外他二人倒也相宜鳳姐先前仗着自已的才幹原打諒老太太死了他大有一番作用邢王二夫人等本知他曾辦過秦氏的事必是妥當於是仍叫鳳姐總理裡頭的事鳳姐本不應辭自然應了心想這裡的事本是我管的那些家人更是我手下的人太太和珍

尤嫂子的人本来難使喚些如今他們都去了銀項雖没有了對牌這種銀子是現成的外頭的事又是他辦着雖說我現今身子不好想來也不致落褒貶必是比寧府裡還得辦些心下已定且待明日接了三後日一早便叫周瑞家的傳出話去將花名冊取上來鳳姐一一的瞧了統共只有男僕二十一人女僕只有十九人餘者俱是些丫頭連各房筭上也不過三十多人難以點派差使心裡想道這回老太太的事倒没有東府裡的人多又將莊上的弄出幾個也不敷差遣正在思算只見一個小丫頭過来說鴛鴦姐姐請奶奶鳳姐只得過去只見鴛鴦哭得淚人一般一把拉着鳳姐兒說道二奶奶請坐我給二奶

奶磕個頭雖說服中不行禮這個頭是要磕的鴛鴦說着跪下慌的鳳姐趕忙拉住說道這是什麽禮有話好好的說鴛鴦跪着鳳姐便拉起来鴛鴦說道老太太的事一應內外都是二爺和二奶奶辦這種銀子是老太太留下的老太太這一輩子也没有糟塌過什麽銀錢如今臨了這件大事必得求二奶奶體體面面的辦一辦纔好我方纔聽見老爺說什麽詩云子曰我不懂又說什麽喪與其易寧戚我聽了不明白我問寶二奶奶說是老爺的意思老太太的喪事只要悲切纔是真孝不必糜費圖好看的念頭我想老太太這樣一個人怎麽不該體面些我雖是奴才丫頭敢說什麽只是老太太疼二奶奶和我這一

場臨死了還不叫他風光風光我想二奶奶是能辦大事的故此我請二奶奶來作個主我生是跟老太太的人老太太死了我也是跟老太太的若是瞞不見老太太的事怎麼辦將來怎麼見老太太呢鳳姐聽了這話來的古怪便說你放心要體面是不難的况且老爺雖說要省那勢派也錯不得便拿這項銀子都花在老太太身上也是該當的鴛鴦道老太太的遺言說所有剩下的東西是給我們的二奶奶倘或用着不彀只管拿這個去折變補上就是老爺說什麼我也不好違老太太的遺言那日老太太分派的時候不是老爺在這裡聽見的麼鳳姐道你素來最明白的怎麼這會子那樣的着急起來了鴛鴦

道不是我着急為的是大太太是不管事的老爺是怕招搖的若是二奶奶心裡也是老爺的想頭說抄過家的人家喪事還是這麼好將來又要抄起來也就不顧起老太太來怎麼處在我呢是個了頭好歹礙不著到底是這裡的聲名鳳姐道我知道了你只管放心有我呢鴛鴦千恩萬謝的托了鳳姐那鳳姐出來想道鴛鴦這東西好古怪不知打了什麼主意論理老太太身上本該體面些嗳不要管他且按著咱們家先前的樣子辦去於是叫了旺兒家的來話傳出去請二爺進來不多時賈璉進來說道怎麼找我你在裡頭照應著些就是了橫豎作主是咱們二老爺他說怎麼着咱們就怎麼着鳳姐道你也說起

這個話来了可不是鴛鴦說的話應驗了麼賈璉道什麼鴛鴦的話鳳姐便將鴛鴦請進去的話述了一遍賈璉道他們的話算什麼纔剛二老爺叫我去說老太太的事固要認真辦理但是知道的呢說是老太太自己結果自己不知道的只說咱們都隱匿起來了如今狠寬欲老太太的這種銀子用不了誰還要麼仍舊該用在老太太身上老太太是在南邊的坟地雖有陰宅却沒有老太太的柩是要歸到南邊去的留這銀子在祖坟上蓋起些房屋來再餘下的置買几傾祭田偺們回去也好就是不回去也叫這些貧窮族中住著也好按時按節早晚上香時常祭掃祭掃你想這些話可不是正經主意據你這個話

難道都花了罷鳳姐道銀子發出來了沒有賈璉道誰見過銀子我聽見咱們太太聽見了二老爺的話極力的攛掇二太太和二老爺說這是好主意叫我怎麼著現在外頭棚扛上要支幾百銀子這會子還沒有發出来我要去他們都說有先叫外頭辦了回來再算你想這些奴才們有錢的早溜了按著冊子叫去有的說告病有的說下莊子去了走不動的有几個只有賺錢的能耐還有賠錢的本事麼鳳姐聽了呆了半天說道這還辦什麼正說著見來了一個了頭說大太太的話問二奶奶今兒第三天了裡頭還狠亂供了飯還叫親戚們等著嗎叫了半天來了来短了飯這是什麼辦事的道理鳳姐急忙進去吆

喝人來伺候胡弄着將早飯打發了偏偏那日人來的爹裡頭的人都死眉瞪眼的鳳姐只得在那裡照料了一會子又惦記著派人趕著出來叫了旺兒家的傳齊了家人女人們一一分派了衆人都答應著不動鳳姐道什麼時候還不供飯衆人道傳飯是容易的只要將裡頭的東西發出來我們纔好照管去鳳姐道糊塗東西派定了你們少不得有的衆人只得勉強應著鳳姐即往上房取發應用之物要去請示邢王二夫人見人多難說看那時候已經日漸平西了只得找了鴛鴦說要老太太存的這一分傢伙鴛鴦道你還問我呢那一年二爺當了贖了來了麼鳳姐道不用銀的金的只要這一分平常使的鴛鴦道大太太珍大奶奶屋裏使的是那裡來的鳳姐一想不差轉身就走只得到王夫人那邊找了玉釧彩雲纔拿了一分出來急忙叫彩明登賬發與衆人收管鴛鴦見鳳姐這樣慌張又不好叫他回來心想他頭裡作事何等爽利週到如今怎麼掣肘的這個樣兒我看這兩三天連一點頭腦都沒有不是老太太白疼了他了嗎那裡知邢夫人一聽賈政的話正合着將來家計艱難的心巴不得留一點子作個收局況且老太太的事原是長房作主賈赦雖不在家賈政又是拘泥的人有件事便說請大奶奶的主意邢夫人素知鳳姐手腳大賈璉的鬧鬼所以死拿住不放鬆鴛鴦只道已將這項銀兩交了出去了故見鳳

姐掣肘如此便疑為不肯用心便在賈母靈前嘮嘮叨叨哭倜不了邢夫人等聽了話中有話不想到自已不令鳳姐便宜行事反說鳳丫頭果然有些不用心王夫人到了晚上叫了鳳姐過來說偺們家雖說不濟外頭的體面是要的這兩三日人來人往我瞧著那些人都照應不到想是你沒有吩咐還得你替我們操點心兒纔好鳳姐聽了呆了一會要將銀兩不湊手的話說出但是銀錢是外頭營的王夫人說的是照應不到鳳姐也不敢辨只好不言語邢夫人在旁說道論理該是我們做媳婦的操心本不是孫子媳婦的事但是我們動不得身所以托你的你是打不得撒手的鳳姐紫漲了臉正要回說只聽外頭鼓樂一奏是燒黃昏紙的時候了大家舉起哀來又不得說鳳姐原想回來再說王夫人催他出去料理說道這裡有我們的你快快兒的去料理明兒的事罷鳳姐不敢再言只得含悲忍泣的出來又叫人傳齊了衆人又吩咐了一會說大娘嬸子們可憐我罷我上頭捱了好些說為的是你們不齊截叫人笑話明兒你們豁出些辛苦來罷那些人回道奶奶辦事不是今兒個一遭兒了我們敢違拗嗎只是這回的事上頭過于累贅只說打發這頓飯罷有的在這裡吃有的要在家裡吃請了那位太太又是那位奶奶不來諸如此類那得齊全還求奶奶勸勸那些姑娘們不要挑飭就好了鳳姐道頭一層是老太太的了

頭們是難纏的太太們的也難說話叫他說誰去呢衆人道從
前奶奶在東府裡還是署事要打要罵怎麼這樣鋒利誰敢不
依如今這些姑娘們都壓不住了鳳姐嘆道東府裡的事雖說
托辦的太太雖在那裡不好意思說什麼如今是自已的事情
又是公平的人人說得好再者外頭的銀錢也叫不靈即如棚
裡要一件東西傳了出來總不見拿進來這叫我什麼法兒呢
衆人道二爺在外頭倒怕不應付麼鳳姐道還提那個他也是
那裡爲難第一件銀錢不在他手裡要一件得回一件那裡湊
手衆人道老太太這項銀子不在二爺手裡嗎鳳姐道你們回
來問管事的便知道了衆人道怨不得我們聽見外頭男人抱

怨說這麼件大事偺們一點摸不着爭當苦差叫人怎麼能齊
心呢鳳姐道如今不用說了眼面前的事大家留些神罷倘或
鬧的上頭有了什麼說的我和你們不依的衆人道奶奶要怎
麼樣他們敢抱怨嗎只是上頭一人一個主意我們寔在難週
到的鳳姐聽了沒法只得央說道好大娘們明兒且幫我一天
等我把姑娘們鬧明白了再說罷咧衆人聽命而去鳳姐一肚
子的委屈愈想愈氣直到天亮又得上去要把各處的人整理
整理又恐邢夫人生氣要和王夫人說怎奈邢夫人挑唆這些
了頭們見邢夫人等不助着鳳姐的威風更加作踐起他來幸
得平兒替鳳姐排解說是二奶奶巴不得要好只是老爺太太

們吩咐了外頭不許靡費所以我們二奶奶不能應付到了說過幾次纔得安靜些雖說僧經道讖上祭掛帳絡繹不絕終是銀錢吝嗇誰肯踴躍不過草草了事連日王妃誥命也來得不少鳳姐也不能上去照應只好在底下張羅叫了那個走了這個發一回急央及一會胡弄過了一起又打發一起別說鴛鴦等看去不像樣連鳳姐自已心裡也過不去了邢夫人雖說是冢婦仗著悲戚為孝四個字倒也都不理會王夫人落得跟了邢夫人行事餘者更不必說了獨有李紈瞧出鳳姐的苦處也不敢替他說話只自嘆道俗語說的牡丹雖好全仗綠葉扶持太太們不虧了鳳丫頭那些人還幫著嗎若是三姑娘在家還

好如今只有他几個自已的人瞎張羅面前背後的也抱怨說是一個錢摸不着臉面也不能剩一點兒老爺是一味的盡孝庶務上頭不大明白這樣的一件大事不撒散几個錢就辦的開了嗎可憐鳳丫頭鬧了几年不想在老太太的事上只怕保不住臉了於是抽空兒叫了他的人來吩咐道你們別看著人家的樣兒也遭塌起璉二奶奶來別打諒什麼穿孝守靈就算了大事了不過混過几天就是了看見那些人張羅不開便插個手兒也未為不可這也是公事大家都該出力的那些素服李紈的人都答應着說大奶奶說得狠是我們也不敢那麼着只聽見鴛鴦姐姐們的口話兒好像怪璉二奶奶的是的李紈

道就是鴛鴦我也告訴過他我說璉二奶奶並不是在老太太的事上不用心只是銀子錢都不在他手裡叫他巧媳婦還作的上沒米的粥來嗎如今鴛鴦也知道了所以他不怪他了只是鴛鴦的樣子竟是不像從前了這也奇怪那時候有老太太疼他倒沒有作過什麼威福如今老太太死了沒有了仗腰子的了我看他到有些氣質不大好了我先前替他愁這會子幸喜大老爺不在家纔躲過去了不然他有什麼法兒說著只見賈蘭走來說媽媽睡罷一天到晚人來客去的也乏了歇歇罷我這幾天總沒有摸摸書本兒今兒爺爺叫我家裡睡我喜歡的狠要理個一兩本書纔好别等脱了孝再都忘了李紈道好

孩子看書呢自然是好的今兒且歇歇罷等老太太送了殯再看罷賈蘭道媽媽要睡我也就睡在被窩裡頭想想也罷了衆人聽了都誇道好哥兒怎麼這點年紀得了空兒就想到書上不像寶二爺娶了親的人還是那麼孩子氣這幾日跟着老爺跪着瞧他狠不受用巴不得老爺一動身就跑過來找二奶奶不知唧唧咕咕的說些什麼甚至弄的二奶奶都不理他了他又去找琴姑娘琴姑娘也遠避他邢姑娘也不狠同他說話倒是咱們本家的什麼喜姑娘咧四姑娘咧哥哥長哥哥短的和他親密我們看那寶二爺除了和奶奶姑娘們混混只怕他心裡他沒有別的事白過費了老太太的心疼了他這麼大那裡

及蘭哥兒一零兒呢大奶奶你將來是不愁的了李紈道就好也還小只怕到他大了咱們家還不知怎麼樣了呢環哥兒你們瞧著怎麼樣衆人道這一個更不像樣兒了兩個眼睛倒像個活猴兒是的東溜溜西看看雖在那裡嚎喪見了奶奶姑娘們來了他在孝幔子裡頭净偷著眼兒瞧人呢李紈道他的年紀其寔也不小了前日聽見說還要給他說親呢如今又得等著了嗳還有一件事咱們家這些人我看來也是說不清的且不必說閒話後日送殯各房的車輛是怎麼樣了衆人道璉二奶奶這几天鬧的像失魂落魄的樣兒了也没見傳出去昨兒聽見我的男人說璉二爺派了薔二爺料理說是咱們家的車

也不彀赶車的也少要到親戚家去借去呢李紈笑道車也都是借得的麼衆人道奶奶說笑話兒了車怎麼借不得只是那一日所有的親戚都用車只怕難借想起還得僱呢李紈道底下人的只得僱上頭白車也有僱的麼衆人道現在大太太東府裡的大奶奶小蓉奶奶都没有車了不僱那裡來的呢李紈聽了嘆息道先前見有借咱們家兒的太太奶奶們坐了顧的車來咱們都笑話如今輪到自己頭上了你明兒去告訴你的男人我們的車馬早早兒的預備好了省得擠衆人答應了出去不題且說史湘雲因他女壻病著賈母死後只來的一次屈指算是後日送殯不能不去又見他女壻的病已成癆症暫且不

妨只得坐夜前一日過來想起賈母素日疼他又想到自已命
苦剛配了一個才貌雙全的男人性情又好偏偏的得了兜孽
症候不過捱日子能了於是更加悲痛直哭了半夜鴛鴦等再
三勸慰不止寶玉瞅着也不勝悲傷又不好上前去勸見他淡
粧素服不敷脂粉更比未出嫁的時候猶勝几分轉念又看寶
琴等淡素裝飾自有一種天生丰韻獨有寶釵渾身孝服那知
道比尋常穿顏色時更有一番雅致心裡想道所以千紅萬紫
終讓梅花爲魁殊不知並非爲梅花開的早竟是潔白清香四
字是不可及的了但只這時候若有林妹妹也是這樣打扮又
不知怎樣的丰韻了想到這裡不覺的心起來那淚珠便直

滚滚的下来了趁着賈母的事不妨放聲大哭衆人正勸湘雲
不止外間又添出一個哭的來了大家只道是想着賈母疼他
的好處所以傷悲豈知他們兩個人各自有各自的心事這場
大哭不禁滿屋的人無不下淚還是薛姨媽李嬸娘等勸住明
日是坐夜之期更加熱鬧鳳姐這日竟支撑不住也無方法只
得用盡心力甚至咽喉嚷破敷衍過了半日到了下半天人客
更多了事情也更繁了瞻前不能顧後正在着急只見一個小
丫頭跑來說二奶奶在這裡呢怪不得大太太說裡頭人多照
應不過來二奶奶是躲着受用去了鳳姐聽了這話一口氣撞
上來往下一咽眼淚直流只覺得眼前一黑嗓子裡一甜便噴

出鮮紅的血來身子站不住就蹲倒在地幸虧平兒急忙過來扶住只見鳳姐的血吐個不住不知性命如何下回分解

紅樓夢第一百十回終

出鮮紅的血來身子站不住就蹲倒在地幸虧平兒急忙過來
扶住只見鳳姐的血吐個不住不知性命如何下回分解

紅樓夢卷一百十三